curiosidad por

EL BALLET

POR LISA M. BOLT SIMONS

AMICUS LEARNING

¿Qué te causa

curiosidad?

3 CAPÍTULO TRES

Bailar Ballet

PÁGINA **16**

Curiosidad por es una publicación de Amicus
P.O. Box 227, Mankato, MN 56002
www.amicuspublishing.us

Editoras: Grace Cain and Megan Siewert
Diseñadora de la serie: Kathleen Petelinsek
Diseñadora de libro y investigación fotográfica: Emily Dietz

Library of Congress Cataloging-in-Publication Data
Names: Simons, Lisa M. Bolt, 1969- author.
Title: Curiosidad por el ballet / by Lisa M. Bolt Simons.
Description: Mankato, MN : Amicus Learning, [2025] | Series: Curiosidad por los deportes | Includes index. | Audience: Ages 6-9 years | Audience: Grades 2-3 | Summary: "Conversational questions and answers share what kids can expect when they join a ballet class, including what to wear, basic ballet positions, and what a recital is like. A Stay Curious! feature models research skills while simple infographics support visual literacy. Includes glossary and index"– Provided by publisher.
Identifiers: LCCN 2023045311 (print) | LCCN 2023045312 (ebook) | ISBN 9781645499565 (library binding) | ISBN 9798892000062 (paperback) | ISBN 9798892000499 (ebook)
Subjects: LCSH: Ballet–Juvenile literature.
Classification: LCC GV1787.5 .S5618 2025 (print) | LCC GV1787.5 (ebook) | DDC 792.8–dc23/eng/20231018

Photo Credits: Alamy/Aris/Süddeutsche Zeitung Photo, 21, Nikolay Vinokurov, 21; Getty/MediaNews Group/Orange County Register, 21, Robbie Jack, 21, SOPA Images, 21; iStock/Artur Didyk, 16, FatCamera, 9, FG Trade Latin, 2, 5, 7, FlamingoImages, 14–15, Maria Moroz, 19, 20, master1305, 16, 17, Nopphon Pattanasri, Cover, 1, Olha Khorimarko, 13, PeopleImages, 6, Prostock-Studio, 9, vgajic, 2, 12, Victoriia Loginova, 8; Shutterstock/Azuzl, 22, 23, Dychek Marina, 22, 23, nazarovsergey, 3, 17, Studio Peace, 10–11

Impreso en China

CAPÍTULO UNO

¿Cuándo puedo empezar a practicar ballet?

¡Puedes empezar de pequeño! A los dos años de edad, puedes bailar con tu mamá o papá. Las clases de pre-ballet empiezan aproximadamente a los tres años de edad. A los cinco o seis años, puede comenzar el ballet **formal**. Pero también puedes empezar cuando eres más grande.

¿SABÍAS QUE...?

El ballet te enseña a moverte y a equilibrarte. Te ayuda para todos los estilos de baile.

Para las clases de ballet, se requiere llevar el pelo en un chongo.

Los leotardos y las mallas te ayudan a moverte con facilidad en la clase de ballet.

¿Qué ropa uso para la clase de ballet?

Tanto los niños como las niñas practican el ballet.

Leotardos con mallas está bien. O usa una playera con leggings o bermudas. Esa ropa te permite moverte con facilidad. También les permite a los maestros ver tu **alineación** y postura. Con esto es menos probable que te caigas y lastimes.

¿Qué llevo en mis pies?

Al principio, usarás unas zapatillas de ballet suaves. Con estas entrenarás a tus tobillos. Cuando tengas más fuerza y **estabilidad**, podrás usar **puntas**. Estas te permiten bailar apoyándote en los dedos de los pies.

ESTRUCTURA DE LAS PUNTAS

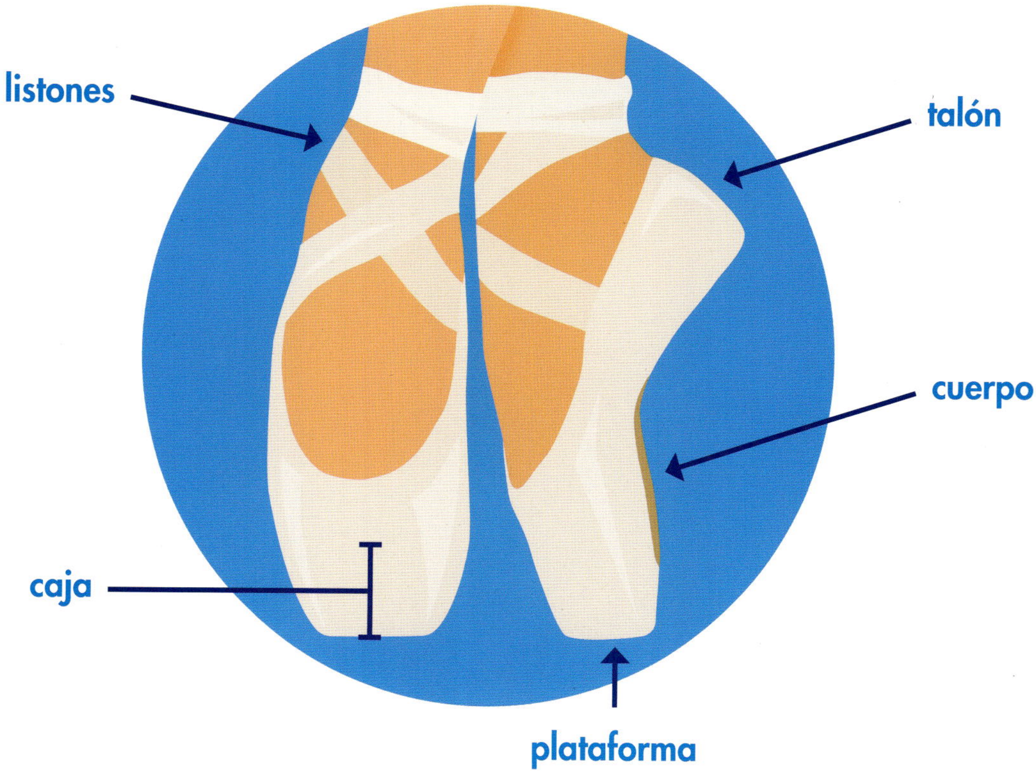

¿SABÍAS QUE...?

Las puntas están hechas a mano. ¡Ningún par es igual a otro!

Usar zapatillas de ballet suaves cuando inicias te ayuda a entrenar tus tobillos.

Te llevará años de práctica estar listo para las puntas.

CAPÍTULO DOS 2

¿Cuántos alumnos hay en una clase de ballet?

Las clases de ballet pueden ser en grupos grandes o pequeños, dependiendo de tu edad.

Depende de tu edad y experiencia. Cada maestro tiene unos 10 alumnos. Las clases grandes tienen unos 15 alumnos. Algunos bailarines toman clases individuales. Esta es una buena manera de aprender nuevas habilidades. Además, estos bailarines podrían aprender más rápido.

¿SABÍAS QUE...?

El ballet empezó en Italia en el siglo XVI. ¡Pero antes de 1681, solo los hombres podían trabajar como bailarines!

Tu maestro de baile te ayudará a aprender diferentes posiciones y a equilibrarte.

¿Quién será mi maestra?

CINCO POSICIONES DE BALLET

Estas cinco posiciones son las bases de la mayoría de los movimientos de ballet.

¡Alguien que sepa mucho de ballet! La mayoría de los maestros bailaban de niños. Atendieron a una escuela para aprender baile. Algunos maestros pueden haber entrenado con **grandes maestros del baile**. Los alumnos mayores pueden ser **instructores adjuntos**. Los maestros de baile los entrenan para que ayuden en las clases.

¿A dónde voy para tomar una clase de ballet?

Los estudios de baile tienen espejos grandes que te permiten ver tu posición mientras bailas.

Ve a un **estudio** de baile. Es una sala grande y abierta. Tiene espejos y barras de ballet. Allí tienen la mayoría de las clases. Pero algunas clases tienen en otros espacios grandes. Podrías practicar en una guardería o en un gimnasio de escuela.

¿SABÍAS QUE...?

Bailar en un ballet requiere de mucho trabajo duro. ¡Una clase de una hora es como correr 18 millas (29 km)!

CAPÍTULO TRES

Las bailarinas de ballet clásico usan tutús con diseños hermosos.

¿Cuántos estilos de ballet hay?

El ballet romántico se centra en contar una historia a través del baile.

Las bailarinas de ballet neoclásico usan leotardos sencillos para mantener el foco en el baile.

Hay cuatro estilos principales. *Clásico* las bailarinas de ballet usan **tutús**. El escenario está decorado con **escenografías**. *Romántico* este ballet tiene más puntas. Las bailarinas usan tutús o faldas más largas. *Neoclásico* en este ballet no hay vestuario o muy poco. No hay nada en el escenario. El foco está solamente en el baile. *Contemporáneo* este ballet es una mezcla de ballet clásico y baile moderno.

En el ballet contemporáneo se combina la baile moderno con movimientos del ballet clásico.

¿Podré competir?

¡Sí! Competir ayuda a los bailarines jóvenes a acostumbrarse a estar en el escenario. Los bailarines se divierten y hacen amigos. En las competencias, los bailarines más grandes pueden ser invitados a escuelas de ballet. También, pueden ganar dinero para ir a la universidad.

Una competencia de baile te permite mostrar lo que has aprendido.

¿Qué es un recital de ballet?

En un recital, puedes usar atuendos y tutús hermosos en el escenario.

Es una presentación anual. Presumes las habilidades que has aprendido. ¡Tus familiares y amigos vienen a animarte! Los bailarines usan vestuarios y se recogen el cabello largo en un chongo. ¡Es momento de brillar en el escenario!

CENICIENTA

ROMEO Y JULIETA

LA BELLA DURMIENTE

EL LAGO DE LOS CISNES

EL CASCANUECES

¡MANTÉN TU CURIOSIDAD!

HAZ MÁS PREGUNTAS

¿Puede cualquier persona practicar ballet?

¿Puedo usar pants durante las clases?

Prueba con una PREGUNTA GRANDE: ¿Cómo puede el ballet ayudar a mi cuerpo para otros deportes?

BUSCA LAS RESPUESTAS

Busca en el catálogo de la biblioteca o en el Internet.
Pueden ayudarte tus padres, un bibliotecario o un maestro.

Usar palabras clave
Busca la lupa.

Las palabras clave son las palabras más importantes de tu pregunta.

Si quieres saber sobre:

- cómo empezar a practicar ballet, escribe: CLASES DE BALLET PARA PRINCIPIANTES
- si puedes usar pants en las clases, escribe: PANTS PARA CLASES DE BALLET

GLOSARIO

alineación El estado de estar colocado en una posición correcta.

gran maestro de la danza Un bailarín o profesor de danza profesional y certificado.

formal Que sigue costumbres y reglas.

instructor adjunto Un alumno de danza con más edad que ayuda a enseñar clases de ballet.

leotardo Prenda ajustada que cubre el cuerpo excepto las piernas y, a veces, los brazos.

escenografía Un decorado en un escenario que ayuda a los ejecutantes a contar una historia.

estabilidad La capacidad de permanecer equilibrado y sin cambios.

estudio Una habitación grande y abierta donde la gente va a aprender, a practicar y a estudiar alguna forma de arte, como la danza.

puntas Un calzado hecho de manera especial, con la punta de los dedos plana y rígida, que las bailarinas de ballet usan para poder danzar sobre la punta de los dedos de los pies.

tutú Vestuario con una falda incorporada que es, ya sea corta y tiesa, o larga y con forma de campana.

ÍNDICE

Acerca de la autora

Lisa M. Bolt Simons es una escritora y educadora jubilada que vive en Minnesota. Ella tomó clases de baile en el bachillerato e incluso, ya adulta, compitió en concursos de baile. Lisa también acompañó a su hija Jeri a clases de baile durante más de 10 años. Le encanta investigar para escribir libros infantiles.